KB109071

온갖 것들의
낮

온갖 것들의 낮

유계영 시집

민음의 시 216

민음사

당신은 무엇으로도 얼굴을 가리지 않은 채 날 본다
나는 달아날 수 없을 만큼만 뻗는 다리로 날 본다

2015년 가을
유계영

차례

1부

2부

3부

4부

작품 해설 | 양경언

1부

시작은 코스모스

낮보다 밤에 빚어진 몸이 많았기 때문에
나는 병이 비치는 피부를 타고났다

모자 장수와 신발 장수 사이에서 태어났기 때문에
가끔은 갈비뼈가 묘연해졌다
죽더라도 죽지 마라
발끝에서 솟구쳐

사랑은 온몸을 필요로 하지 않기 때문에
그대는 나의 바지다
나도 죽어서 신이 될 거야
그러나 버릇처럼 나는 살아났다

검은 채소밭에 매달리면
목과 너무나도 멀어진 얼굴
두 마리의 물고기가 그려진 국기처럼 서로 마주 봤다

멀리서부터
몸이 다시 시작되었다

젖은 얼굴이 목 위로

곤두박질쳤다

유리

계단을 오르면 하나 더 알게 된다
나는 잠 속에서 나만 만졌다
낮 동안 절망하고
누우면 기억하지 못했다
간유리 너머의 나무는
새벽 네 시에 가장 아름답게 뭉개졌다

어항 속 심해어들이 악수를 나눈다
얕은 잠을 자는 사람들이 쭈글쭈글해지고 있다
계단을 오르면 조금 더 멀어졌다

나뭇가지에 매달린 새들이
씹는 꿈을 꾸며 소리에 다가간다
젖은 먼지는 먼지라고 부를 수 없다
나는 꿈을 꿔 본 적이 없다
밤, 또는 밤이라고 믿는 방

수축하는 방, 또는 팽창하는 벼랑

내일의 처세술

옷소매 속에서 자라나는 병든 팔
밤은 파이프 모양의 긴 겨드랑이

대재앙 오 초 전
마주 앉은 사람들 일부러 크게 웃는다

창밖을 서성이는 짐승과 눈 마주치면

가장 오래 사는 물 영원한 물 썩어도 이로운 물
사람들은 물의 자세를 배우기 위해 눕고
그 위에 눕는다

복면을 쓴 등 뒤의 어둠
빛을 믿는 사람만을 겁준다

모두 달라지고 아무도 망하지 않는 꿈
창문이 있던 벽의 흰 자리를 짚어 본다

광대버섯의 연기

쓰레기 더미 속에서 자라나는 쓰레기
먹다 남긴 태양

천천히 말을 해
운동장의 흐린 햇살 위에 아이들이 벗어 놓은 가발
이곳에선 모두 농아가 된다

공기 속의 말을 떨어뜨리지 않는 신체 훈련
다 할 수 있으면서
아무것도 하지 않는 내가 좋다

모형

나의 기분은 어디에서 오는 걸까
완전히 쫓겨난 어둠에 관한 이야기
상자는 무언가 담기 위한 용도로 만들어지고도
비우는 일에만 계속 사용되었다
이 방의 전개도는 거대한 착각의 모양을 본떴다

네가 나누어 놓은 이목구비가 마음에 들 리 없다
남들이 다 모를 때
내가 갖게 될 노인의 얼굴을 이미 알고 있던 나는
간단히는 죽지 않을 자신이 있다

기분에 비해 너무 작은 입으로
무슨 말을 남길 수 있을까
잘 죽지 않는 이 기분을
천천히 바뀌는 표정이 보여 준다
물구나무선 망령의 손바닥처럼
보드랍게 보드랍게 표현한다

아직 태어나지 않은 상자의 측면이

검게 물들어 갈 시간을

경험으로 알아보듯이

봉제선 안으로 꼭꼭 접어 둔 그림자만이

나의 유일한 의지라면

이런 예감은 어디에서 오는 걸까

생각의자

불가능해요 그건 안 돼요
간밤에 얼굴이 더 심심해졌어요

너를 나라고 생각한 기간이 있었다

몸은 도무지 아름다운 구석이라곤 없는데
나는 내 몸을 생각할 때마다 아름다움에 놀랐다

나는 고작 허리부터 발끝까지의 나무를 생각할 수 있다
냉동육처럼 활발한 비밀을 간직한 나무의 하반신을 생각할 수 있다

나무의 상반신은 구름이 되고 없다

어떤 나무의 꽃말은 까다로움이다

사람들은 하루를 스물네 마디로 잘라 둔 뒤부터
공평하게 우울을 나눠 가졌다
나는 나도 아닌데

왜 너를 나라고 생각했을까

의자를 열고 들어가 앉자
늙은 여자가 날 떠났다
나는 더 오래 늙기 위한 새 의자를 고른다
나에 대한 가장 아름다운 정의를 내리려고

퍼니스트 홈 비디오

고양이가 도넛처럼 요염하게
다리를 꼬고 팔짱을 끼고
나를 보는 일
고양이의 주인으로 산다는 것은
뒷목이 뻣뻣해지는 것이로구나
생각하는 일

염하려다
다시 살아난 아버지
자주 뒷목을 잡곤 했던 일
아버지 한 번 더 돌아가셨다는 소식을 듣고
아버지의 유머 감각에 감탄하는 일
거리의 보도블록에서 밟은 껌을
집안까지 끌고 들어오는 일
죽음까지 끌고 가는 일

공 앞에서 아주 잠깐 애국하고
다시 저주하는 일
같은 채도의 사방연속꽃무늬

꽃무늬의 방에서 벌어지는 일

아버지가 도넛처럼 요염하게
다리를 꼬고 팔짱을 끼고
나를 보는 일
용서를 빌 때는 반말이 좋다는 걸 깨닫는 일

대부분의 코미디가
운 나쁜 캐릭터의 수치심으로 마무리되는 일

생활의 발견

너는 영원을 믿어서 난처한 사람
불편한 믿음을 간직한 사람
천사의 흰 다리를 우려 마시면
지긋지긋한 수족냉증도
영원토록 따뜻해질 거라 믿는
순진무구한 팔다리로
영원히 우족탕이나 휘저을 사람

오래된 공책의 측면처럼 입 벌린 어둠으로
너는 쏟아진다
커피 자판기가 되는 꿈을 꾸다가
버스 종점에서 우두커니 깨어난다

너는 운동화 속 돌멩이처럼
점차 또렷해지는 불편을 느낀다
때때로 태어나던 장면을 기억해 내기도 한다
가짜 진주알로 만든 천사의 의치 속에서

쨍그랑 깨지는 말실수

이마 위로 쏟아진 앞머리를 쓸어 올리면서 너는
그렇다고 아무거나 교양이 되는 건 아니잖아요
라고 말한다

2부

샤

숫자 8을 돌려 쓰면서
우리는 마주한 얼굴 너머로 회전하지

빵집 앞을 지나는 가죽 구두가
밀반죽처럼 부풀고
너무 일찍 배운 건
팔다리를 비웃는 방법
안으로 자란 입술이
우리를 원망하는 주문을 외고 있어
생각하면 저절로 흥이 났다

지붕과 미래, 칫솔이나 질투가 적힌 초대장은 보낼 일 없으므로
잡기 놀이의 술래는 정하지 않았으므로
서로에게 불만이 없고

수생식물의 부드러운 악몽 위를 굴러
하하 웃고 하하 받아쓰면서 최신식 단어를 배운다
망토, 낯선 단어를 소리 내어 받아 적으며
우리는 슬픔을 이해해

샘

창밖의 그는 공을 던지러 온다
날아간 공은 다시 줍지 않는다
날아간 공은 사라진 공이 되도록 둔다

나는 반 토막의 어둠과
그렇다고 반 토막은 아닌 빛과
함께 있었다
지켜보고 있었다

공은
멜로디언 속에 고이는 호흡처럼
주름주름 굳어 가고 있었다
공의 맞은편이자
빈 가슴이 되기 위하여
후투투 쏟아지고 있었다

미래라고 부를 수 있는 상상은
한 번쯤 살아 본 듯한 인상을 주었다
창밖에는 빈 볼이 쌓여 있었다

코

나는 좋아해 흰색 볼링화
잘 닦아 놓은 볼링화 위에 성호를 긋는다
이것을 너희의 입이라고 믿어 줄래
엄지발톱에 낀 때처럼
불결한 증거들

승부를 결정짓는 건 가장 긴 손가락의 상상력

마지막 포즈를 정하지 못하고 굳어 버린 신발들이
말을 아낀다

선수들은 레일 앞에서 묵묵
얼굴 중 가장 단단한 부분을 비석처럼 세워 두고 돌아
간다
볼링핀 같은

멸종동물들이
맨발로 레일 위를 서성인다
도로 도로

뛰는 사람*

검은 원피스가 담아 놓은 나를
뛰어가는 십 초 속에 벗어 두었다
나는 테니스 공을 신겨 놓은 의자
더 많은 다리를 내밀었다

내가 사라져 주길 원하겠지만
나는 잘 사라지지 않는다
너는 나를 향해 무엇이든 던진다
팔걸이
손잡이
문고리의 위치

웃음기가 많았던 이 집의 사물들은
불편한 자세를 유지하는 방법을 알고 있다

팔다리를 긴밀하게 연결해 놓은 점선들이 끊어진다
그러나 너는 빛나는 붕대로
나를 다시 감아 줄 것이다

몸이 빠져나간 이부자리 속에 다시 눕는다
내일 아침엔 검은 원피스를 입을 것이다

* 파울 클레(Paul Klee)의 그림

출구

마음에 드는 색을 고르고 그린 이마의 빛
때로는 태어나기 위해 스스로를 불태웠다

겨울 곤충은 우리들 손바닥 위에서
몸을 네 번 접고 죽어 버렸다

투명한 눈꺼풀을 가지고 있어
자라지 않는 나의 잠

발소리를 죽이며 걷는 법을 배우고
죄짓는 방법까지 알게 되었다

내일은 내일 오겠지
쫓아오는 것이 있다고 믿으며

달리는 것을 멈추지 않으면
더 많은 비를 맞게 될 것이다
우산의 얼굴이 바라보는 것은
모두 우산이라는 것

이리저리 뛰어다니며
다만 우리가 할 일

호랑의 눈

나를 벌레라고 부르자
사람들이 자세히 보기 위해 다가왔다

오늘은 긴 여행을 꿈으로 꾼 뒤의 짐 가방
검은 허리를 무너뜨리며 떠다니는 새벽
그림자를 아껴 쓰려고 앙상하게 사는 나무

깨어 있는 모든 시간은 미끄러운 경험

바람에게 그림자가 없다고 믿는다면
떨어지는 잎사귀에게도 속력이 없다

증상 없는 병을 병이라 부르지 않으니
나는 이름도 없는 나날

상온을 기준으로

입속의 열기구가 푹푹 주저앉는다
그것은 말할 수 없는 문제이기 때문에
입속은 뜨거운 상태를 지속한다

유리 조각을 눈알에 푹푹 찔러 넣는다
그렇게 밝아 온 날이기 때문에
정오는 뜨거운 상태를 유지한다

이것은 기적의 둔갑술

발밑에서 지면이 자란다
장판 위의 머리카락이
정체가 드러나지 않도록 숨죽여 선다
자라서 내가 된다

덜 마른 시간 깊숙이 근육이 붙었다
이 방에서 가장 딱딱한 시간이
내가 된다

쥐

방안의 불을 다 켜 두었는데 어두워
나는 스케치북 오른쪽 가장자리에만
태양을 그리는 습관이 있지
아무리 닦아 놓아도 저무는 창문

내일의 태양은 장롱 속에서 검은 상자를 뒤집어쓰고 있다

나의 모자는 빛나는 모서리를 가졌네
투명해질 때까지
입안에 든 젤리를 굴리며 밖을 살핀다

의자는
젖은 수건을 두른 어깨처럼 비어 있다 직사광선이 자신의 무릎을 끌어안고 구부러진다 창밖의 아이들이 공깃돌의 뚜껑을 열고 모래를 채운다 그들의 허밍엔 ㅈ발음이 가장 흔하다 오른쪽으로 돌아누웠더니

사라지지 않는 왼쪽 귀를 얻게 되었어
신발에 맞는 발을 고르러 나간 언니는

돌아오지 않고
의자는

하루 종일 반복할 수 있는 일에 대한 목록

나는 점성촌의 개
나는 점성촌의 젖은 개
밤은 오해로부터 내린다

살찐 여자의 배 둘레처럼 아래로 흐르는 시간
밤이 찢어진 발바닥을 내린다
낙과와 신을 가려낼 수 있는
지면 위로 내린다

너는 언 빨래의 몽유병
빨랫줄에 걸린 해의 고민을 내린다
어린이를 벗는 어린이가 말한다

비가 온다

우리는 찢을 수 있어
익사한 몸들이 걸터앉은 물결을
몸의 질서를 벗어난 뼈의 잠영을

찢을 수 있어

우리는 어제 태어난 개의 꿈을 꾼다

지그재그

레이디는 상자에서 빠져나오며 마술에 대해 생각했다

미치기 직전의 상태로 끝까지 살아가는 식물처럼
나는 아프고 너는 지켜보기만 했는데
너를 좋아해서 웃어만 지는 얼굴

잘려 나간 팔다리가 식어 가는 동안에도
몸에서는 부드러운 털이 자라났지

모자 속의 토끼
사과 속의 코끼리 같은
순진한 준비물과
대괄호가 많은 아이들의 말속에서
레이디는 죽었다 살았다를 반복했다

미처 빠져나오지 못한 무릎이
명상의 밧줄처럼 잘 땋여
거기 남았다
우린 모두 그가 다녀온 공간을 위로하고 있다

레이디는 상자에서 빠져나오며 마술에 대해 생각했다
통증으로만 구성된 꿈을 꾸었다는 듯이
이 놀라운 상자를
마술사에게도 만들어 주겠다고 생각했다

에그

깃발보다 가볍게 펄럭이는 깃발의 그림자
깃에 기대어 죽는 바람의 명장면

새는 뜻하지 않게 키우게 된 것이다
그러니까 사실은
알아서 찾아왔다는 사실이다
창밖의 무례한 아침처럼
그러니까 다가올 키스처럼
어떻게 두어도 자연스럽지 않은 혀의 위치처럼
새는 뜻하지 않게 시작된 것이다

새가 머무는 날
홀쭉한 빛줄기에 매달리는 어둠을 쪼며
짧게 나누어 자는 잠

그런 잠은 싫었던 거야
삼백육십오 일 유려한 발목의 처녀처럼
하나의 목숨으론 모자라
죽음은 탄생보다 부드러운 과정

새는 알을 남기고 간 것이다
나는 알을 처음 본 게 아니지만
곧 태어날 새는 어미를 전혀 알지 못한다
알 속의 혀가 입술의 위치를 짚어 보는
그런 명장면

일요일에 분명하고 월요일에 사라지는 월요일

3과 4의 사이
강물은 신발을 모은다
여름의 집에 불을 지르고 온
가을의 유령들이 모인다
나는 자꾸 깨닫는 사람
눈과 눈 사이를 찌를 수 있도록
물결을 평평히 눌러 두었다

0과 1의 사이
천사는 자신이 거대한 태아라는 사실이 싫다
고작 이런 대우나 받으려고 착하게 산 게 아니야
통통한 발을 벗어 버리고
차라리

괴물이 되고 싶어 하는 건 우리뿐

9와 0의 사이
극락조 : 부리를 머금고 발을 꺾어 신은 새
유령 : 어둠에 기댄 것처럼 서 있기

오늘은 해가 두 발로 지지만

0과 1의 사이
바늘의 말투를 훔치려다 비가 되었다
말 없는 사람들이 돌을 던지러 강가로 몰려왔다
유령들은 강의 괘를 따르며 빠른 노래를 불렀다

아이스크림

거리의 모든 사람들아
너는 벗겨지고 흰 깃발이 드러난다
너는 벗겨지고 바깥에서 문 잠그는 소리

사랑할 수 있을 것 같아
너희가 잠자코만 있어 준다면
미래에서 온 시간 여행자의 귀를 만져 본다면
이런 느낌일 거야

방향을 멈춘 깃발의 긴장
너도 나도 다 가진 비밀이라면
난 다 말할 수 있을 것 같아
봐, 이렇게 쉬운 평화

거리의 모든 사람들아
너는 외계의 메시지이고
너는 우주와의 시차이다
양산 속의 꽃무늬가 지르는 비명 때문에
나는 인상을 쓰고야 만다

우리가 사랑한 계절에는
아무 이름도 붙일 수 없는 것
태양이면서도 태양이 아닌 것 때로는
태양이기만 한 것
바깥으로 통하는 문이 녹을 때까지
기다리는 수밖에 없다

니진스키

오른손은 왼손의 위치가 잘못되었다고 생각했다
그림자가 몸속으로 들어가
여독을 푸는 사이

태어난 곳을 잊지 못하는 한 나도 늑대로 살 것이다
태양의 귀가 붉다는 사실을 아는 때는 어린 시절뿐이다
어느 오후에 나는 다른 오후를 잊었다

받침이 없는 이름을 부르면
생각보다 많은 물체들이 일어서는 것이 무섭다
나는 그런 것이 무섭다
이제부터 돌게 될 전염병은 점점 가볍고 어려워질 것이다

오른손은 왼손을 맞잡기에 가장 좋은 위치에 있다
나는 공중에 머물다가
내려오고 싶을 때 흩어져 내렸다

3부

복화술사

먼 곳의 빛이 점점 다가오는 것을 지켜보았다
우리는 긴 터널을 통과하는 기차를 탔다기보다
두 마리의 토끼처럼 마주 앉아 있을 뿐이다

매 순간 일곱 시를 기다린다
다섯 시, 아랫배가 탄력적으로 출렁였으며
여섯 시, 앞 이빨이 조금씩 전진하였다
먼 곳의 빛이 잇속을 드러내며 크게 웃었다

시곗바늘이 예민한 임부의 발등처럼 휘어진다
일곱 시, 마주한 얼굴에 흰 털이 자랐다
나의 말은 과녁을 벗어난 화살처럼 주저함이 없다

빛은 우리를 모르고 지나갔다
아무도 다음 사람의 방문에 대하여 입을 열지 않는다

생일 카드 받겠지

예뻐지고 싶은데
아무 때고 울음이 났다
공중화장실의 변기 위에서
밥숟가락의 무게를 고민하는 식탁 앞에서
왜 하필 교회의 첨탑 위에서
달력 속의 월요일을 헤아리면서
철면피처럼

괜찮은 부모를 가졌다는 건
게으름에 대한 핑계가 부족해지는 일
왜 하필 옮겨 적을 수 없는 나무의 독설처럼
사려 깊을까 어머니

아침은 그렇게 오는 게 아니죠
모퉁이를 돌 때마다 열리는 새로운 골목의 끝에
내가 발가벗고 서 있는 거예요
아침은 그렇게 밝는 거예요

나는 오늘 태어났고

내일은 손 닿지 않는 곳의 가려움을 견디는 재미

내년이면 나도

생일 카드 받겠지

잠 속의 잠

의자는 멈추고
바퀴는 달아나며
의자는 굽게 하고
바퀴는 세우는데
바퀴 달린 의자 위의
엉거주춤
나는 멈추고
목이 달아난 곳
약속하지 않은 얼굴들
좋은 아침이지요?
의자는 기억하고
바퀴는 망각한다
세포는 충동에 대하여
근육은 신중에 대하여
신의 재채기 속에서 나는 태어났다
재채기 속에서 사방팔방 튀어나오는
나의 갈래
나는 신의 콧속에서
나쁜 것 해로운 것이었던

지난날을 기억한다
의자는 머물고
바퀴는 떠나며

빛나는 토르소

방은 더 이상 내게 어울리지 않는다……
흐트러진 상태에 아무 보호도 없는
이것은 순진한 상태?

— 앙리 미쇼, 「나타남 — 사라짐」에서

세상에서 가장 못생긴 남자를 사랑하게 된 것 같아
눈알이 도마 위에서 굴러떨어져
열린 창문 틈으로 지켜본다
나는 길어지는 허리
칼날의 곡선

밤사이 아무 일도 일어나지 않았다
석간신문의 검은 면들은
굳게 닫힌 철제 대문처럼 흰 꿈을 터뜨렸다
못 쓰게 된 가구들이 근시안에 시달려
이 골목 저 골목을 구겨 놓았다

나는 밤거리의 어린 남자에게
오빠 — 하고 불렀다

내가 사랑하게 된 남자는

빨간 글로스를 바르고 아무 말 없는 계단처럼
침착하게 눈멀고

늑대

벽 너머 누군가 삽니다
저금을 모르고 산 어머니가 물려준 애인입니다
아픈 그를 위해 내가 더 아프기로 합니다
자세를 낮추는 것이 사랑의 모양이라 배웠습니다

벽 너머 당신에게
벽 너머 다른 벽
내 얼굴입니다 당신이 사랑해야 할
밤이라 부를 수 있는 칼을 겨눕니다

우리 놀이의 이름은 '전생이 되어 보기'입니다*
저금을 모르고 산 어머니가 물려준 단어들, 공산품, 돌연변이, 서커스처럼
당신과 자식을 많이 낳아야겠다고 생각합니다
병든 아이와
병을 지켜볼 아이를 골고루

우리 애들은 우애가 깊을 겁니다
다투듯이 양보하고 증상을 나눠 가며

둥근 가계도를 완성하는 겁니다
당신과 나는 원의 중심에 깃발을 꽂고
한 아이는 반드시 백발로 태어날 겁니다

* 유디트 헤르만, 박양규 옮김, 『여름 별장, 그 후』(2004, 민음사) 중, 「허리케인」의 첫 문장 "그 놀이의 이름은 '이런 삶을 한번 상상해 봐'이다."를 변용함.

오래된 오렌지

1.

이곳의 문들은 퇴장을 기억하지 않는다
혀를 빼무는 것과 보조개가 파인 붉은 뺨을 금지한다
격자무늬 커튼 사이로 얼굴을 내미는 행동을 금지한다

그러나 복도식 아파트를
몸을 생략하고 줄지어 앉아 있기를 좋아한다

한밤중에 모일 것
타이어가 거꾸로 박힌 모래판 위로 달이 쏟아지듯이
오색 만화경을 쓰고 튀어나올 것

입술 너머로 넘어진 말들이
거대한 바퀴가 되기까지의
모든 입술

2.

우리는 문밖에서만 이쁜 아이들
인사는 잘하고

맑은 날에는 유리창과 축구공을
흐린 날에는 우산과 목마름을 튀기며 몰려다녔지
복도식 자정을 박살 내면서
유리창은 깨지기 전 아주 조금 휘어진다는 걸 알았지

재미를 위해서라면 오늘보다 먼 미래는 없다고 믿어
가끔 엉뚱한 곳에 가 있거나
검은 뿔을 입고 나타나는 녀석들

못 말려 그들은
아침이 오면
우리가 훔친 물건들이 화단 가득 피어날 거다

3.
아파트 복도에 나란히 호랑이사자흑표범토끼, 토끼
누군가 유리창에 붉은 얼굴을 뭉개 보고 있다 불빛, 불빛

휴일

몸에 딱 맞는 의자를 만들기 위해
평생을 다 바친 남자의 날
완성했는데 초대장 세 줄을 넘기지 못하고 죽었고
의자의 구조를 못 견딘 못이 튀어 올라 박혔고
단 하나의 못이 튀어 올랐을 뿐인데 몸에 무수한 못이 단숨에
남자의 죽음은 세 줄 이상의 이유가 없어
넘겼어?
못 넘겼어?

이목구비가 참 또렷하세요
웃는 무덤은 첨 봐요
몸에 딱 맞는 의자죠
생일과 기일이 일치하는

초대장이라면 난 못 받았을 거예요
흥미로운 소문은 주소가 필요 없죠
섰어?
앉았어?

의자들은 몸의 눈치를 너무 많이 살펴 왔다 싶겠군요

집배원의 가방 속에서 순서 없이 흐트러지는 엽서들

당신은 절대로 묻히지 않죠
무게 없는 형태로 앉아 있는 나무
잘 닫혀 있는
너도밤나무

빰

우리 또 만나네요

밤이 늘어뜨린 사지에서
맞닥뜨린 사람
고양이가 팽팽히 잡아당겨 놓은 골목의 양 끝에서
솟구치는 사람

사과 껍질처럼 세계의 바깥으로 뜯겨져 나가는
층층 계단으로
빰

당신이 내민 커터칼은 내 얼굴을 오려 내겠지만
나는 그만한 입을 가질 수 있지 않겠어요

한 쪽만 접힌 토끼의 귀로
빰
(얼굴은 눈썹 아래부터 시작되어 빰)

이곳에서부터 오십 걸음

당신이 나를 미행하고 있다는
언제나 불충분한 증거

따분함과 슬픔을 구별하기 어렵도록
우리는 내일도 만날 거지요
이쪽저쪽에서
더 크게 입을 벌리라고요?

불이야

너희 내면은 어디로든 갈 수 있는 긴 다리로 가득해
스케이터의 발끝처럼 멀리
더 멀리 미끄러지는
불이야

소년아 소녀야
지붕의 모양을 확인할 수 있는 방법은
높이 더 높이 올라가 보는 것뿐이다
너흰 가장 오래 지속되는 감정을 찾을 때까지
떠돌아야 한다
그래서 너희는

누구도 발견하지 못한 지붕 밑을 떠돌게 되었다
친구를 때리면 안 된다고 한 번쯤 말해 보기 위해
주먹을 찾아 떠돌았던 생전의 싸움터처럼 말이다

불안의 주기를 딴 낮과 밤이
공중 가득 흰 모가지를 끼얹어 놓았다
전신이 눈먼 밤마다

지붕 위를 기웃거리던 빛은
구경꾼의 등 뒤에 달라붙어
집으로 돌아갔다

구경꾼들은 자기 자신을 구경하는 데엔 도가 텄으니
익숙한 지붕 아래 너희를 담아 두고
가장 소중한 것이라 부르며 오래 간직할 것이다
너를 자신의 일부라 믿으면서 말이다

소년과 소녀와 불꽃이야

암막 커튼으로 이루어진 장면 묘사

얼굴을 감싸고 선 나는
곁눈 속에서만 사는 귀신이 가장 두렵다
자기 색을 내는 편이 좋겠지
하지만 그들은 없는 색, 나쁜 색

커다란 밤이 날개를 젓고 있다

정말 투명해
천사의 쌍꺼풀처럼
가려움증 앓는 불빛들로 창밖은 가득해

곁눈으로 내 코를 쳐다보면
처음 본 얼굴이 길게 누워 있다
만지고 싶어서 손을 뻗으나
수수한 외투를 걸치고 불룩해진 테두리
수많은 도형이 몸을 내밀고 있다

그래도 가장 슬픈 건 나의 죽음일 것이다

사과나무에서 떨어지고 있는 중이야

놀이를 포기한 애들은 다 나와
풍선처럼 둥둥 커지며 검은 봉지를 불었다
바짓단을 한쪽만 접어 올린 아이가
작약을 뜯어먹고 요절 복통 웃었다

먹기 싫은 채소를 최대한 튀기기 위해
우스꽝스러운 이야기만 해 댔던 식사 시간
내가 가출을 결심한 시간
얼굴이 빨개졌니
속부터 차오르는 치욕은 비밀로 해 줘요
우리는 체중계 위에서
침묵하고
더 복잡한 계산을 생각했다

사나운 개들이 불다 버린 비닐을 씹어 먹고
검붉은 잇몸을 뚝뚝 흘리며 기어 다닌다
우리는 모서리 찢긴 푸른 깃발
사과나무에서 떨어지고 있는 중이야

배우 훈련

파티는 서로의 머리에 왕관을 씌워 주는 것으로 시작된다
형이 심드렁한 아가씨에게 손을 내민다

형은 오늘도 홈런을 칠까
구불구불 오린 치맛자락이 회전한다

하루가 멀게 파티가 벌어진다
덩치 큰 형들이 팍삭 늙었다
기념해야 할 일이 너무 많았으므로

나는 형들의 생몰연대표를 몰래 적어 두었다
사람들이 내게 너무 많은 비밀을 들켜 버려서
자리는 되도록 피해 주었다

내가 두려워하는 것들의 머리 위에는
정말 두 개의 뿔이 달렸을지도 모른다는 생각

화난 얼굴로 잠드는 이유는
누구에게도 말해 주지 않을 거다

파티장에 버리고 온 악취가 창문을 두드린다
형의 목소리를 완벽하게 모사할 수 있을 때까지
파티는 계속되어야 한다

일주일

뱀에게 꼬리를 묻는 사람들이 토요일마다
거리로 몰려나온다

그러나 사과는
이미 베어 물고 난 뒤

막 태어난 일곱 명의 아이들이
악역에게 검은 모자를 씌우며 웃는다
흰 모자를 쓴 영웅은 당분간 나타나지 않는다는 걸 눈치채면
유머를 익히게 될 것이다
마른 나뭇가지들이 겨우내 참아 온 비밀을
다 말해 버리는 순간처럼

엄마를 언젠가 속일 수 있다는 생각이
우리를 자라게 했어요
난 당신의 취향이 아니죠?

나무는 스스로 검은 모자를 쓰는데

거리의 사람들이 모자를 찾으러 계단을 오른다
그때 뱀은 너무 많은 다리를 가졌다고 생각했다

그러나 계단이 끝나는 곳에서
만나게 될 것이다 사과를
먹지도 않고 자꾸 자라나는 일곱 명의 아이들
토요일마다

오늘은 나의 날

내가 너의 취향에 맞지 않는다는 이유로
결국 너의 바깥에 장롱처럼 버려질 것이라는 예감은
2인용 식탁처럼 물끄러미 불행해질 것이라는 예감은

모두 틀렸다

입안에 총구를 물고 방아쇠를 당겨 봐
바람 맛이 난다고 했다
하필 내가 가진 총 속에만 가득했던 총알을
너는 모르고 나는 알았다

너와 나의 단면에 대하여
생크림 케이크처럼 근사한 협화음을 감추었을 것이라는
믿음이
너에게는 없고 나에게는 있었다

누구의 생일인지 기억나지 않는 모호한 축하를
반씩 나누는 나의 삶, 나의 뒤통수, 나의 휠체어

살았다고 감동하는 모든 순간
죽지 않았다고 말하는 모든 유감이여
생일상 아래 흔들거리는 왼발 오른발이여

내게 선물한 총과 칼과 너를
나는 끝까지 좋은 것이라 부르겠다
오늘은 나의 날이다

활

바람이 자신의 주술을 주머니에 차고 온다
먼눈에게 어둠은 가장 평범한 장소
노인은 아무것도 기억나지 않을 때를 대비해
가까운 물건의 이름을 자꾸 불러 본다
살든 죽든 무엇이든 두렵지 않다

노인의 아이는 빨간 모과를 줍고
노인의 아이는 화가를 만나네
노인의 아이는 태양을 그리며

바람은 수면 위에서 갈증을 씻는다
깎아 놓은 모과가 검어진다
그건 너무 오래 칼을 노려본 탓

오늘이 불편하면 내일을 기다리면 된다
주머니에 차고 온 술병을 무덤 위에 붓는다

구름이나

죽은 물고기는 딱 한 번 뜬다
침엽수림이 겨누고 있는 수평선 너머엔
짐승의 혀들이 물살을 감고 떠다닌다
나무 곁을 비스듬히 지나는 연인들

너무 흔한 벽
너무 흔한 트럭
죽은 물고기는 처음으로 바로 눕는다
급하게 추켜올린 속옷처럼 어디가
앞이건 뒤건

4부

위하여

새들을 위하여
유리창에 색종이를 붙여 두었다
나는 매일 밤 유리 부는 꿈을 꾸었다
양철 지붕 위를 두드리는
맹금류의 발톱 소리를 들으며
날마다 투명해졌다

새들이 고개를 내밀고
보다 환한 곳으로 날아갔다

나는 나를 밀어내고
나는 나를 밀어내고

오가 죽는 세계

흰말의 공포는 접시로 된 가슴을 문지르며
매우 작은 입을 가졌기에 붉다
젖은 곳

사물의 말은 오직 동사로만 이루어져 있다
그래서 여기
당신이 있게 되었다

마주 세운 거울 안에 어머니와 딸
서로의 정면을 향해 가지를 뻗는다
자장가가 뱉어 놓은 정오가 일어선다

사물의 그림자가 빠져
국이 넘치고
흰말의 가슴 위에서
얼음이 녹는다
이와 동시에
오가 죽는다

손이 심어 놓은 식물이 다 자라
날카로운 이빨이 되고
당신이 듣는 것을 나는 듣지 못한다
흰말은 또 하나의 단어를 배우고

놀라운 일은 불과 가까운 순서대로 일어난다

안개 풍경

안개를 뒤집자
호주머니 속에서 변신이 튀어나온다

산짐승에게 발을 먹히지 않으려면
장갑을 신고 자는 습관을 들이도록
이것은 언니에게 배운 예절의 이름

우리는 눈코입이 뚫리지 않은 가면을 써야만
서로의 아름다움을 발견할 수 있었다
날고기가 지겨우면 산불을 놓았다

밤마다 산짐승들이 악수만 하고 돌아갔다
나는 밤새도록 바지를 적셨다

터미널 인근의 여관방에서 애인의 변심을 비관한 언니가
자살에 실패하고
십자말풀이에 몰두하고 있었다
황갈색 오후를 물고 반짝이는 약병들

마지막 단어를 일러 주기 위해
만가를 부르기로 한다

못생긴 시절에 쓴 일기처럼 미래 지향적으로
새 장갑을 마련해야지
낭떠러지 끝에 언니가
모스 부호처럼 매달려 웃는다

큰소리로 울어라

사과는 중력에게 할 말을 잊었다
네가 놀라
벌린 입술

아이들은 찜통 속의 흰 빨래처럼
시끄럽게 구는 법을 잊었다

뒤로 걷는 노인들이
산책로에 접착면을 흘리고 지나갔다

기다란 빛이 쩍 달라붙었다
표백된 아이들
알고 싶은 것보다
궁금하고 싶은 것이 더 많았는데

아이들이 쩍 달라붙었다
야외가 준비한 조심성은 쓸모가 없어졌다

너는 쩍 벌어졌다

사과는 중력에게 할 말을 다 하고
빛을 먹으면 기쁨도 뚱뚱해지는 거 같지 않아?
대낮의 복판으로 떨어졌다

숨죽여 웃어라
크게 울어라
적도에는 아직도
울적하게 살아가는 사람이 있다는
소문이 들렸다

곡예사

이삿짐 속에서 늙은 의자가 넘어진다
전생의 재채기가 전생의 발가락이 한꺼번에 튀어나온다

의자는 다리보다 많은 발가락을 가졌었다
늙은 의자가 거리의 토마토 속에서 어린이를 골라낼 수 있는 건 그 때문이다

거리는 신발을 신지 않은 무리를 넘어뜨렸다
그들은 발바닥에 빛이 달라붙을 때까지 토마토를 던졌다
허공의 토마토를 전부 받아 내기에 의자는
부드러운 피부를 가지지 못했다

이삿짐 속에서 세 개의 원반이 떠오른다
늙은 의자는 그 중 하나가 반드시 모조품임을 안다

이미 죽은 적 있는 나무들과 사람들이 서로 기대며 걸어간다
늙은 의자의 발목이 부러진다
가능한 자세에 싫증을 느꼈기 때문이다

새벽 시간

집으로 돌아가지 않은 여자애들이
플라스틱처럼 반짝였다
빨갛게 부어오른 귀를 만지면서
청과상의 열매들 속니를 부딪치고
가끔은 놀라운 소리가 났다
버려진 개들이 살던 집을 기억해 내려고
자꾸만 꿈속을 밟고 다녔다
칭찬 끝에 남겨진 표정과 같이
아무도 고갤 들지 못했고

젖먹이들은 얼굴을 달게 절이느라
일찍 잠에서 깼다

내일의 토모

칼은 원하는 곳에 있다

나무는 빠르게 걷는 장면을 연상한다

칼은 눈을 반만 뜨고

그러나 나무는 느리게 늙는다

칼은 돌개바람을 나른다

나는 칼이 지나간 자리에 엎드려 냄새를 맡는다

칼은 마음에 드는 것을 끌어당기며

나는 빠르게 걷는 장면을 연상한다

칼은 칼을 지킨다

나는 나를 향해 돌진한다

나무는 안목을 가지게 되었다

칼의 경험을 칼이라 부르겠다

물안개의 얼굴을 길게 찌른다

칼이라 부르겠다

룰루는 조르제트의 개

나는 큰길 사거리에 옆모습으로 서 있다
사나운 인상의 나머지 얼굴을 잠가 두었다
내게는 둘레가 없고
무한히 접혔다 펴지는 반대편 얼굴

꼬리를 흘리고 다니는
검은 과녁의 중심
입술산을 기준으로 오차 없이 쪼개지는
왼편과 나머지 왼편과 그 남은 왼편의 랠리

F에서 G로 이동하는 가장 빠른 길은 가장 편한 길이 아니다
G에서 F로 이동하는 가장 편한 길은 가장 빠른 길이 아니다

가로수는 첫여름을 지우며 자라난다
나는 덤벨 모양의 껌을 씹고
우회전에서 사라진 발목들이 질겅질겅 녹고 있다

속도를 위해 불편을 감수하는 것
조르제트는 회오리바람으로 솟구쳐 오른다

나머지 얼굴이 드러나는 정오
나는 꼬리를 물기 위해 회전하고
나를 그려 놓은 최초의 손을 원망하지 않으며
나는 조르제트의 연인이네

재연 배우 모모

모가 살아 있음을 느꼈던 시간은
편지 봉투 속에 담긴 비후 같은 것
객석은 모보다 너무 앞서 진행되어 있고
모는 아무도 없는 공간에서만 열연했다
발견할 수 없을 때 가장 입체적이었다

모는 모가 사라진 방향으로 눕고
모가 지나간 자리에서 따라오는 방울 소리
컵 속의 얼음이 녹았고
봄이 왔길래
혁대를 벗어난 바지춤처럼 흘러내렸다
수축된 혈관이 최후를 향해 열렸다

죽은 사람과의 식사는 비용이 많이 들지
창틈에 자란 시간을 버섯처럼 부풀리는 모는
산 사람의 밥상까지 꼭 흉내 내야겠어?
장면 밖으로 넘친 나뭇가지를 흔들며 걸어간다

모를 위해 모인 사람들이

차례로 모의 점선면을 따른다

어금니 사이에 감춘 풍선껌이 감당할 수 없을 만큼 부푸는 상상을 하며
관객들이 인상을 쓴다
모의 점선면은
모가 사라진 자리에서 완성된다

눈 천사가 지워진 자리

난간에 걸터앉은 아이들이 손가락으로 가리킨다
누운 해골이 포개지고 있어

검음이라 부르던 개가 있었다
새끼에게 뒷다리를 물려 죽은 검음
땅이 얼어 삽날이 구겨졌다
나는 검음을 공터에 내던지고
돌아오며 발꿈치가 아팠다

숨을 참고 눈을 뜨지 않는 것
팔다리를 가지런히 놓고 꼼짝하지 않는 것
내가 연습한 죽음의 구체
냉장고 속에서 아무도 모르게 상해 가는 밑반찬들

누군가 나를 흔든다면
엎드려 자던 가축의 네 다리처럼
갑자기 나타나 보여 주는 것
혓바닥의 모래처럼 뜨거워지는 것
안경알을 찌르는 빛이 되는 것

수면 위로 올라가

천연덕스럽게 눈을 뜨고서 이렇게 말하는 것이다

나를 아는지

우리가 연습한 놀이의 이름을

알고 있는지

한 줄로 서기

물을 끓이고 커피를 휘저으며
아무 손쓸 수 없는 사람
뒤끓는 액체보다 뜨거운 도자기 잔의 표면처럼
아침과 어울리는 사람

썩은 과일 속에 아직도 나를 기다리는 달콤함이 있어요

아침 인사말에는 출입구가 없어서
웅크리고 잠든 나에게 어울립니다
커튼 주름을 입는 바람의 두개골을 바라보면
시간이란 말을 생각하게 됩니다
그리곤 나 말고 아무도 안 보입니다

나에게 하고 싶은 말만 적어서 당신에게 보냈다
우리는 외국어 사전처럼 어둑어둑 두꺼워졌다

당신과 가장 먼 사람
걷기 위해 온몸을 펼치는 사람

나는 언덕을 오르는 빨간 점퍼

무질서에 딱 맞는 우리라는 조각들

온갖 것들의 낮

내가 누구인지 모르겠어요
하나의 의문으로

빨강에서 검정까지
경사면에서 묘지까지
항문에서 시작해 입술까지를
공원이라 불렀다

바람이 불자 화분이 넘어졌다
화분이 산산조각 나는 것을 보고
아이가 울음을 터뜨렸다

나는 어제 탔던 남자를 오늘도 탔다
내가 누구인지 아직도 모르겠어요

어제 먹어 치운 빵을 태양이 등에 업고
나는 태양을 등에 업고
너는 나를 등에 업고

비둘기가 아주 잠깐 날아올랐지만

층층이 흔들렸다
공원의 한낮이 우르르 시작되었다

사람들은 날씨에 대한 이야기를 나누며
집으로 돌아갔다

콩소메 맛

다 이야기해 봐
이야기하면 다 괜찮아질 거야
너는 이야기한다
나는 너를 믿지 않으니까
이야기한다

어떤 종(種)이건 하나의 저주가 내려온대
짐승과 침을 섞은 우리의 조상
그래서 변함없는 입술의 위치

다 이야기하면 알게 되겠지
낙타의 혀처럼 이국적인 농담

나는 다 이야기하고
너는 내 가죽 밑에 숨는다

귀가 큰 사람의 매력은
거짓말을 잘 감싸 주는 거래

너는 다 이야기하고

괜찮아

금방 괜찮아질 거야

발가락들

네가 부르고 내가 받아쓴 최초의 단어

이름보다 빗금이 더 많은
전화번호부 속에서 빠져나와
걸어 보았다

간지러웠지
해결할 순 없었지
나는 너보다 먼저
고요에 도착하기 때문
네가 시작될 때
나는 끝났기 때문

너는 벚나무 아래서
기념사진을 찍었다
나는 나선형 광장의 조명 아래
서 있었다

이렇게 함께라니

너에게 날 빌려주고
나는 무기명으로 오래 살았지
네 몸에 아직도 둥근 부분이 남아 있다면
나를 길게 찔러 터뜨려 버리지

사월

축제가 놓쳐 버린 풍선을 따라
소년들이 날아올랐다
아무것도 문제될 게 없다는 듯이

나를 어느 곳에 묶어야 했을까요
사육장엔 아직도 남은 해가 많은데

식고 창백한

매 맞는 개 울음소리를 흉내 내다가
소년들은 슬퍼집니다
짖음이 많은 개들을 두려워하게 되었습니다

앞으로 가지게 될 수염자리를 매만지며
소년들이 말했다
갑자기 눈물이 많아진 몸과
침대 위에서 더 많은 시간을 보내려고

나란히 혀를 말고

우리의 단단한 들숨으로 일력(日曆)을 다 채웠어요

축제가 놓쳐 버린 풍선을 따라
소년들이 날아갔다
늘 그래 왔다는 듯이

악필 연습

문만 열어도 다른 얼굴이 있으니
환생을 믿지 않는 나에게
좋은 위로일까
빌려 쓴 모자챙을 따라
비밀스러운 냄새가
맴을 돌듯이
윤달에 노인들은
귀신의 옷을 선물 받고
코피를 쏟는다
어울리는 얼굴과
어울리는 몸이
문 너머에서
다가오고 있다는 것은
좋은 위로일까
장롱 깊숙이
끈적이는 몸을 걸어 두고
어린이에 대한 묘사를 떠올린다
누런 오줌을 싸고
색이 검은 술에 대해 생각한다

나무의 수명을 알게 된 날로부터
지금까지
문이 열리지 않았다는 것은
좋은 위로일까

타오르는 빛을 밟고
어둠이라 믿는 것은

희망에 대해 말할 때
쑥스러워하지 않는 것은

식육

빛과 비가
함께 내렸다

굴뚝과 가깝거나
굴뚝을 이해하는 사람들은
피어오르는
연기의 모양으로
하루를 점친다고 했다
눈매가 몽롱해지는 날이 많다고 했다

유원지에서 가지고 온 풍선을
방안에 띄워 두고
몇 날 며칠 천천히
가라앉는 풍선을 지켜봤다
방안에 연기가 자욱했다

풍토병이 흔했다
나는 우리가 우리이도록
병들기를 기다렸다

모두가 도왔다

정육점의 여자가 가장 먼저 일어나
언 고기 토막을 육절기에 내리면
해가 녹기 시작했다
사람들은
뜨겁게 달군 돌을 하나씩 안고
사라져 갔다

빛과 비가
각각 쏟아졌다

녹는점

문이 녹아 밖이 된다
밖이 녹아 물이 된다
단 것을 향하여

점점 교묘해지는 아이들의 위장
까맣게 들끓는 발

아름다운 이야기의 주인공들은
검은 부츠 속의 바지처럼
어금니를 꾹 문 채 시간을 보냅니다

문 앞의 어머니
어머니가 녹아 안이 된다
안이 녹아 불이 된다
이 집은 믿는 집이야

발밑의 벌레들이 종횡무진
나는 이를 신의 형상이라 믿었습니다

■ 작품 해설 ■

큰 소리로, 훗!

양경언(문학평론가)

간단히는 죽지 않을 태도에 관하여

생각하는 레이디에 대해 말하겠다. 쇼가 진행되는 내내 상자 속에 숨어 있다가, 마술사의 지시가 떨어지기가 무섭게 관객 앞에 모습을 드러내는 우리의 레이디에 대해. 레이디는 무대 위에서 팔다리가 잘려 나가거나 접붙여지고(레이디의 팔다리는 이 경우에만 돋보인다), 죽다 살다 한다(레이디는 사라졌다 나타나기를 반복해야 관객들로부터 박수를 받을 수 있다). 행동반경이 제한된 세계에서 수월하게 살아남기 위해서는 주어진 질서를 순순히 따라야 한다고 우리는 배웠다. 그에 따르면 상자 속의 레이디는 마술사의 지시가 언제 내려질지 예의 주시하면서 숨만 쉬고 있어야 한다. 밖에서 불렀을 때 거기에 호응하는 연기를 펼쳐 보여야 하루치의 식량과 잠자리를 얻을 수 있기 때문이다. 아마 레이디는 때를 놓쳐서는 안 된다는 이야기도 귀에 못이 박히도록 들었을 것이다.

하지만 이 글의 첫 문장에서 우리는 분명히 '생각하는 레이디'를 떠올리기로 했다. 레이디가 자신이 소속되어 있는 마술을 '생각'할 때 혹은, 쇼가 진행되는 무대, 쇼의 안정적인 운영을 이유로 명령을 반복하는 마술사에 대한 '생각'을 시작할 때 마술은 더는 쇼가 아니게 된다. 생각하는 레이디에게 무대는 삶의 다른 이름이다. 질문하고 번뇌하는 레이디에게 "모자 속의 토끼", "사과 속의 코끼리", 모든 말을 "대괄호"로 묶어 두고 손뼉을 치는 관객 "아이들"은 너나 할 것 없이 시스템 내에서 할당된 배치를 아무 저항 없이 따르는 존재들이다. 달리 말해 레이디가 생각을 시작할 때, 레이디의 시선은 마술 쇼의 배후에서 늠름히 모두를 관장하는 마술사의 시선과 병렬적인 위치에 서는 것이다. 쇼가 계속된다 해도(삶이 계속된다 해도) '쇼'라는 이름으로 묶일 수 없는 자리가 (삶으로 허락받지 못한 자리가), 그러니까 마술사의 명령이 닿을 수 없는 자리가(삶을 지배하는 '일반적'이고 '정상적'인 법칙으로는 설명이 불가능한 자리가) 있음을 레이디는 눈치챌 수 있을 것이다.

여기까지 말했을 때, 우리는 자신에게 부과된 역할에서 자유로울 수 없는 레이디가 자신이 '생각'하게 된 상황을 독이 든 성배라 여기며 슬퍼하고 있으리라고 예상할 수 있다. 생각하는 레이디도 '레이디는 레이디'이기 때문에 끝내 무대 바깥으로 나가지 못하는 저 자신을 탓하기 마련이라고 쉽게 짐작하는 것이다. 그러나 다시 말하자면, 우리가 떠올리는 레이디는 '생각'을 하는 레이디다. 마술사의 자리 건너편으로 가서 "미치기 직전의 상태"라 할지언정 끝까지 숨이 이어지는 삶에 대해 생각하며, 레이디는 우울함이 아닌 씩씩한 태도를 취하기로 한다. 레이디의 시선과 마술사의 시선이 '지그재그'로 갈라지는 때가 돼야 비로소, 무대 위에서 아직 표현되지 않은 존재의 (알려지지 않은, 그래서 이름 붙여지지 않은) 몸짓을 수호할 수 있기 때문이다. 그러니 레이디에게 '생각'은 지금까지와는 다른 인식의 문을 여는 것, 상황에 대한 다른 방향으로의 접근을 시도하는 것. 혹은, 간단하게 말할 수 있는 것은 그 무엇도 없으니 설혹 어떤 상황이 종료되었다 해도 그것이 남겨 놓은 뒤꼍을 되짚어 볼 필요가 있다고 스스로에게 호소하는 것. 레이디는 '생각'을 통해 떳떳하게, 먼저의 상황이 듣지 않으려 했던 목소리의 볼륨을 키우고, 남들이 알아주지 않는다 해도 여간해선 사라지지 않는 — 아직 이름이 없는 — 상태의 곁으로 침착하게 다가가는 이다. 레이디가 생각할 때, 말들은 기존의 의미를 벗고 재배열된 맥락의 의미를 입는다.

지금까지 우리가 떠올린 '생각하는 레이디'는 「지그재그」의 한가운데서 느껴졌던 의지(意志)의 형상이자 유계영의 첫 번째 시집에 수록된 여러 시편에서 두루 엿보이는 태도의 메타포이다. 시를 읽는 일이 곧 시에서 들리는 목소리에 이끌려 언어가 형성하는 다양한 세계로 이행(移行)하는 일이라면, 하여 그 목소리의 기운에 우리의 마음을 내어 주는 일이라면, 유계영을 읽는 우리를 이끄는 목소리는 상자에서 막 빠져나와 생각을 시작한 레이디의 그것과 유사하다. 이를테면 우리가 사는 이곳이 끔찍한 과정을 계속해서 목도할 수밖에 없는 세계라 할지라도 혹은, 우리 자신이 어떤 강제적인 상황에 묶여 있는 처지라 할지라도 유계영의 시를 읽는 순간에는 우리 또한 생각하는 레이디처럼 입술을 앙다물고 서 있고 싶어진다는 것.

참으로 씩씩하게, 간단히는 죽지 않겠다는 태도로, 유계영의 시들이 있다. 우리는 우리도 모르는 사이에 거기로 간다. 그때부터 서서히, 그러나 점점 세게, 쉬이 사라지지 않는 감정들과 섞이기 시작하는 우리를 두고 그 누구도 '가짜(模型)'라며 손가락질하지 않을 것이다. 시를 따르는 우리의 제스처가 인공적일 수는 없기 때문이다.

빛을 믿는 사람이 제일 먼저 겁을 먹고

유계영 시의 태도가 유독 분명하게 느껴지는 까닭은 시에서 말하는 이가 누구를 대신하고 있다는 생각이 전혀

들지 않기 때문이다. 시의 화법에 대한 앞선 문장을 1인칭 화자의 재림 내지는 전통적인 서정의 정의에 관한 운운으로 받아들이면 곤란하다. 그보다 유계영의 시에서는 세계와 불화하는 온갖 '나'들이 구석구석에 숨겨 왔던 저 자신의 목소리를 직설적으로 터뜨리는 일들이 벌어진다고 해야 적합하다. 이는 마치 혼돈과 무질서로 가득 찬 세계에 시인의 말로 짜인 그물망이 쳐지고, 강제된 척도 속에서 답답해 하던 각종 이미지들이 시인의 언어 그물에 걸려 저마다의 고개를 그물코로 내미는 형국과 같다. 자신이 처한 상황을 더욱 적극적으로 호소하거나 자신 앞에 놓인 상황에 직접 개입하려는 시적 주체의 목소리는 그래서인지 듣는 이의 감각에 날카롭게 파고든다. 시는 처음부터 위장(僞裝) 같은 건 전혀 몰랐다는 듯이 천진난만함이 지닌 공격성으로, 쏟아지는 이미지들의 물질성 자체로, 허위로 분장한 세계를 주시한다.

> 대재앙 오 초 전
> 마주 앉은 사람들 일부러 크게 웃는다
>
> 창밖을 서성이는 짐승과 눈 마주치면
>
> 가장 오래 사는 물 영원한 물 썩어도 이로운 물
> 사람들은 물의 자세를 배우기 위해 눕고

그 위에 눕는다

복면을 쓴 등 뒤의 어둠
빛을 믿는 사람만을 겁준다

모두 달라지고 아무도 망하지 않는 꿈
창문이 있던 벽의 흰 자리를 짚어 본다

…(중략)…

공기 속의 말을 떨어뜨리지 않는 신체 훈련
다 할 수 있으면서
아무것도 하지 않는 내가 좋다

—「내일의 처세술」에서 (밑줄은 인용자)

그물코에 걸린 이미지들이 각자의 자리에서 새어 나온다고 했거니와, 위의 시에 다가가기 위해서는 선형(線形)적인 읽기가 아닌 방사형(放射形)적인 독법에 대한 구상이 필요하다. 가령 내일을 어떻게 맞이할지 궁리하는 오늘 '밤'의 구체성은 베개 맡으로 치켜든 긴 팔 사이의 "겨드랑이"와, 살면서 가질법한 자세 중 가장 무심한 형태에 해당할 (그래서 어쩐지 몸의 자세라기보다는 흐르는 물의 형태와 비슷하게 느껴지는) 잠든 "자세", 파헤쳐진 모양새로 또다시 폐허로 남는 "쓰레기"가 교차하면서 마련되는 심연을 통해 불쑥 드러난다.

흥미로운 점은 '밤의 평범성(banality of night)'의 다른 이름일 수도 있을 이들이 2연의 "대재앙 오 초 전"이라는 상황과 관련되어 나타날 때마다 낯설게 느껴진다는 데에 있다. 불길의 징조를 무마시키려는 듯 "일부러 크게 웃는" 소리가 퍼질 때 밤의 평범성을 자처하던 구체성은 어느새 넘쳐흘러, 제각각의 사물이 취하는 몸짓을 부자연스럽게 만든다. 곧 "대재앙"이 닥친다는데 모두 아무렇지도 않게 원래의 몸짓을 '일부러' 취하는 상황이 기이하게 느껴지는 것이다. 상황이 이러하니 "일부러"라는 부사(副詞)가 예사롭지 않다. 평범하다고 믿어 왔던 누군가의 (혹은 무언가의) 표정과 몸짓이 '일부러' 노력해야만 영위될 수 있는 것이라면, 우리가 자연스럽다고 느꼈던 일상이란 실은 애써 연기(演技)를 해야만 얻을 수 있는 것이 되기 때문이다. 사람들이 일부러 웃는다. 일부러 눕고 일부러 꿈을 꾸며 일부러 산다. "대재앙"이 던지는 비장함도 각자가 "일부러" 취하는 '원래'의 몸짓으로 견딜 수 있다고 믿고, "아무도 망하지 않는 꿈"을 꾸면서 그것이 '망함'에 가까운 이 세계에 대처하는 현실적인 처세술이라고 여긴다. 이는 모두가 애써서 버티므로 재앙 같은 게 닥칠 리 없다고 근거 없이 확신하는 이들이 살고 있는, 정확히 '대재앙 오 초 전'의 풍경이다.

많은 시인에게 '밤'은 낮의 세계와는 다른 법칙으로 운

영되는 시간이다. 이성이 활발하게 움직였던 낮이 가고 밤이 찾아오면 시인들은, 낮의 언어로는 제대로 표현되지 못했던 존재들을 깨우러 다닌다. 밤의 세계에서 인간의 언어는 아무것도 아닌 게 되어 초라하기 그지없지만, 시인들로 인해 들리기 시작한 언어 너머의 소리는 자욱하게 대지를 덮쳐 지금의 현실 바깥으로 향하는 문을 연다. 그러나 위의 시에서 밤은 "먹다 남긴 태양"이 소비되는 시간대일 뿐. 너무 많은 이들이 여전히 낮에서 벗어나지 못한 채 밤을 장악하려 들고, 그것으로도 모자라 다음의 낮을 준비하는 시간대로 밤을 정의하려 드는 것이다. 밤은 "복면"이 씌워진 채로 뒤척이는 어둠으로 남아 저 자신의 성정이 더는 드러나지 못하도록 봉인된다. 낮을 믿는 사람("빛을 믿는 사람")들에게 '복면을 쓰지 않은 어둠', '가장(假裝)을 포기한 어둠'은 공포의 대상으로 전락한다.

와중에 시인은 무엇을 하고 있나. 1인칭 '나'의 움직임이 뚜렷하게 표현되는 구절을 좇다 보면, 시인의 심정이 어디에 응집해 있는지 보일 것이다(인용한 시뿐 아니라 유계영의 여러 시에서는 자신의 입장을 관철하기 위해 '일부러' 터뜨리듯 쓴 '나'의 언술이 빈번하게 등장한다. 유계영을 읽는 방식은 이를 어떻게 살필지에 따라 달라진다). '나'는 한 행으로 이뤄진 3연의 첫 번째 행("창 밖을 서성이는 짐승과 눈 마주치면")과 6연의 두 번째 행("창문이 있던 벽의 흰 자리를 짚어 본다"), 9연의 세 번째 행("아무것도 하지 않는 내가 좋다")에서 적극적으로 행동한다. "짐승"의 눈빛이 '나'를 찌르는 순간을 포착할 때는 어둠 속에서 길들지도 죽지도 않은 상태로 여전히 존재하는 누군가의 표정을 상상하고(이와 비슷하게 「퍼니스트 홈 비디오」에서는 "고양이"가 "다리를 꼬고 팔짱을" 낀 채 '나'를 보고, 죽은 "아버지가 요염하게" '나'를 보는 일이 발생한다), 무언가가 있었던 흔적으로서의 "흰 자리"를 더듬으면서는 '복면 쓰기 전의 세계'를 기억해 내기 위해 애쓰며(이와 비슷하게 「새벽 시간」에서는, 어둠을 서서히 하얗게 물들이는 때란 곧 "버려진 개들"이 "살던 집"을 기억해 내기 위해 애쓰는 자리, 달리 말해 수치심을 깨닫기 시작한 자리로 기록된다), 경직된 공기로 가득 찬 밤의 한가운데에서는 강요된 무언가를 '일부러' 하느니 시침을 뚝 떼고 차라리 아무것도 하지 않는 편을 택한다(「아이스크림」에서 이 구절은 가장 분명한 사랑 표현을 위해 아무런 호명도 하지 않는 편을 택하는 장면으로 변환되어 제시된다). 3배수 연(3연, 6연, 9연) 내의 순차적인 행으로 드러난 '나'의 행적 속에서 '나' 스스로가 동요할 때마다 시인은 흔들리는 그 표정이 중요하다고 말하는 것 같다. 무작정 빛을 믿지 말고 '생각'을 해 보라고, "먼눈에게 어둠은 가장 평범한 장소"라고(「활」). 속물들의 지침이었던 '처세술'은 끈덕지게 행동을 모색하던 시인의 육성을 타고 방향을 바꾼다. 시인은 허위를 벗어던진 말하기를 요청한다. 복면을 벗은 어둠이 알아볼 수 있도록 자연스러운 우리의 표정, "천천히" 꺼내 드는 우리의 "말"이 필요하지 않느냐고.

우리에게 표정이 절실한 건, 패턴화된 표정들에 둘러싸여 정작 '내'가 원래 지으려 했던 표정이 무엇인지 나조차도 가늠하지 못하게 되었기 때문이다. 보이는 것을 보이게 만드는 '빛'을 당신은 어디까지 믿을 수 있나.('light'의 다른 뜻으로 우리는 '계몽'을 떠올린다) 시인은 빛이 어둠을 가리키는 칠갑으로만 쓰이는 때를 견딜 수 없어 한다.

> 얼굴을 감싸고 선 나는
> 곁눈 속에서만 사는 귀신이 가장 두렵다
> 자기 색을 내는 편이 좋겠지
> 하지만 그들은 없는 색, 나쁜 색
>
> 커다란 밤이 날개를 젓고 있다.
>
> 정말 투명해
> 천사의 쌍꺼풀처럼
> 가려움증 앓는 불빛들로 창밖은 가득해
>
> —「암막 커튼으로 이루어진 장면 묘사」에서

우리가 언제나 주시해야 할 곳은 암막으로 가려진 그 너머에 있다. 커튼 뒤에서는 무대가 부여하지 않은 자유로운 움직임이 여전히 살아 있다. 손바닥으로 "얼굴을 감"싼 뒤에도 여전히 깜빡거리는 두 눈이 활력 넘치게 곁눈질하며 손바닥 너머의 기척을 살피듯이, 시인은 처음부터 저 자신의 근육으로 생존 법칙을 구성해 나가는 존재에게 신뢰를 보낸다. "자기 색을 내는 편"이 '좋은' 것이다. 가면을 거둔 "불빛"들의 "가려움증"을 앓는 모습이 아름다운 이유는, 그 통증이야말로 '불빛들' 스스로가 저 자신의 몸짓을 찾아가는 증거이기 때문이다. 암막을 앞에 두고 겁먹지 말자. 진실은 레몬 즙으로 쓰인 글씨처럼 불빛의 기운을 쬐어 줄 때야 그 통증 어린 표정을 드러낸다.

온갖 것들의 움직임, 그런 명장면

그러므로 "내가 누구인지 모르겠"다는 의문이 드는 순간(「온갖 것들의 낮」)은 기존의 위계질서, 기존의 습관, 기존의 얼굴 등을 부정하고 새로운 눈과 코와 입과 몸을 그리기 위한 토대가 마련되는 때이다. 내가 누구인지 나도 잘 모르는 순간이 와야만 '나'의 참된 '낯'을 찾는 생을 향한 충동질이 이어질 수 있다. 정해진 문법을 추구하는 '낮'의 언어가 주입되는 상황을 거부하고, "온갖 것들"이 스스로 헤매고 뒤척이며 '낯'을 형성할 줄 아는 상황이 오면 모두의 참된 '낯'이 나타날 것이다. 온갖 것들의 움직임이 색다른 상황을 창안하는 다음의 시에서처럼.

살찐 여자의 배 둘레처럼 아래로 흐르는 시간
밤이 찢어진 발바닥을 내린다
낙과와 신을 가려낼 수 있는
지면 위로 내린다

너는 언 빨래의 몽유병
빨랫줄에 걸린 해의 고민을 내린다
어린이를 벗는 어린이가 말한다

비가 온다

우리는 찢을 수 있어
익사한 몸들이 걸터앉은 물결을
몸의 질서를 벗어난 뼈의 잠영을
찢을 수 있어

우리는 어제 태어난 개의 꿈을 꾼다

—「하루종일 반복할 수 있는 일에 대한 목록」에서

새가 머무는 날
홀쭉한 빛줄기에 매달리는 어둠을 쪼며
짧게 나누어 자는 잠

그런 잠은 싫었던 거야
삼백육십오 일 유려한 발목의 처녀처럼
하나의 목숨으론 모자라
죽음은 탄생보다 부드러운 과정

새는 알을 남기고 간 것이다
나는 알을 처음 본 게 아니지만
곧 태어날 새는 어미를 전혀 알지 못한다
알 속의 혀가 입술의 위치를 짚어 보는
그런 명장면

—「에그」에서

움직임은 대개 이곳에서 저곳으로 '벗어나는' 상황으로 이뤄진다. "찢어진 발바닥"은 멀쩡한 발로는 갈 수 없는 곳에 닿을 수 있다. 언 빨래에서 빠져나가고 싶은 물기가 서서히 녹아 저 자신을 기화시켜 햇살에 닿는 과정처럼, 주어진 역할을 '벗(어나)는' 자리로 우리는 종일 움직인다. '몽유병'이라는 비유로 미루어 짐작할 수 있듯, 이러한 움직임은 우리가 애초부터 해 왔던 것일지도 모른다. 단지 미처 발견하지 못했을 뿐이다. 우리에겐 "몸의 질서"를 '벗어나' 잠영 중이던 '뼈'가 있고, 이성이 기입되지 않은 동물적인 육체가 꾸던 제 나름대로의 '꿈'이 있다. 우리는 "찢을 수 있"다. 가만히 있으면 알아서 이뤄지는, 그런 방식은 '싫은'

것이다. 모든 생명의 탄생이 자기 의지 없이 이뤄진다 하더라도(그에 비해 죽음에는 자기 의지가 반영될 여지가 있다. 탄생과 생성이 죽음보다 어려운 까닭은 여기에 있다), 알 속의 새가 "어떻게 두어도 자연스럽지 않은 혀의 위치"를 떠올리고 자신의 "입술의 위치를 짚어 보는"것처럼 나름의 행동을 발명하는 방식으로, 정해진 방식을 '찢어 내는' 방식으로, 온갖 것들의 움직임은 증명된다.

"천사"조차 자신에게 부여된 역할이 싫다면, "통통한 발을 벗어 버리고" 민낯을 드러내 볼 일이다("0과 1의 사이/ 천사는 자신이 거대한 태아라는 사실이 싫다/ 고작 이런 대우나 받으려고 착하게 산 게 아니야/ 통통한 발을 벗어 버리고/ 차라리// 괴물이 되고 싶어 하는 건 우리 뿐"—「일요일에 분명하고 월요일에 사라지는 월요일」 부분). '없거나(0)' 혹은 '있거나(1)'와 같이 뚜렷한 이분법만을 승인하고 "0"과 "1" 사이에 '있지 않은', '없지 않은' 상태를 허락하지 않는 시스템 내에서 살아야만 하는 일, 우리는 고작 거기에 갇히려고 사는 게 아니다. 시는 벌거벗은 몸으로 위장된 시스템을 능청스럽게 상대하면서, '일반적'이고 '정상적'이라 여겨 왔던 삶의 법칙을 추문으로 만든다.

아침은 그렇게 오는 게 아니죠
모퉁이를 돌 때마다 열리는 새로운 골목의 끝에
내가 발가벗고 서 있는 거예요

아침은 그렇게 밝는 거예요

나는 오늘 태어났고
내일은 손 닿지 않는 곳의 가려움을 견디는 재미
—「생일 카드 받겠지」에서

누군가 나를 흔든다면
엎드려 자던 가축의 네 다리처럼
갑자기 나타나 보여 주는 것
혓바닥의 모래처럼 뜨거워지는 것
안경알을 찌르는 빛이 되는 것

수면 위로 올라가
천연덕스럽게 눈을 뜨고서 이렇게 말하는 것이다
나를 아는지
우리가 연습한 놀이의 이름을
알고 있는지
—「눈 천사가 지워진 자리」에서

구획된 모퉁이 내부에서 정해진 선택지를 앞두고 고민하기보다는 돌아서서 새롭게 열리는 골목을 찾을 것, 암막을 걷어 낸 벌거벗은 몸으로 아침을 맞이할 것. 팔과 다리, 혀, 눈, 이것이 갖춘 감각의 구체를 잊지 말고 맘껏 흔들릴 것,

뜨거워질 것, 천연덕스럽게 쳐다볼 것.

시인은 터져 나오는 온갖 것들의 말을 빠짐없이 받아 적는다. 자기 긍정으로 채워진 온갖 것들의 말은, 사회의 관습이나 도덕, 제도를 부정하고 타고난 성정을 따라야 한다는 의미의 '견유주의'를 떠올리게 한다. 페터 슬로터다이크가 삶에 대한 믿음이 훼손된 시대에 견인해야 할 태도로 제시한 바 있었던 '견유주의'는 "물질적인 것, 즉 깨어 있는 육체"를 적극적으로 활용하여 "자신의 주권을 증명하"라고 한다.* 지극히 사적인 육체가 뻔뻔하게 드러날 때, "정신과 도덕을 몸과 물질로부터 분리하려"다** 삶 자체에 대한 믿음까지도 헤집어 버린 상황을 비판할 수 있다는 것이다.

온갖 것들의 말에 눈을 돌릴 때, 우리는 새삼 그간의 엄숙한 질서가 얼마나 많은 이들을 침묵에 빠뜨렸는지 깨닫는다. 계량화된 쓸모의 기준에서 배제되었다 해서 굳이 슬퍼할 필요가 없다는 사실 역시도. 강요된 질서를 따르지 않기 위해 고개를 내밀고 소란을 일으키는 '온갖 것들'은 화가 프랜시스 베이컨의 표현을 빌려, 인간은 단순하게 정육점에 걸린 고기가 아니라고 말한다.

* 페터 슬로터다이크, 이진우 역, 『냉소적 이성 비판 1』, 에코리브르, 2005, 209쪽.

** 김석수, 「뻔뻔함을 찾아나서는 '냉소적 이성 비판'」, 《문학과사회》 2005년 가을호, 384쪽.

일단은, 훗!

다시, 생각하는 레이디를 떠올린다. 상대로부터 취향을 맞춰 주지 않는다는 이유로(삶에서 용인된 질서를 따르지 않았다는 이유로) 관계의 종언을 요청받는 우리의 레이디. 상대는 레이디가 관계에서 버려졌기 때문에(많은 사람은 레이디가 삶의 중심으로부터 내쳐졌기 때문에) 불행할 것이라 짐작한다. 하지만 우리는 분명히 '생각하는 레이디'를 떠올리는 중이라 했다. 레이디는 자신이 달콤하다고 여겼던 관계가 끊어졌을 때 어떤 단면이 만들어질지에 대해 생각한다. 달콤함, 그것은 위장일 수 있다. 레이디는 이 관계가 어떻게 만들어져 왔는지를 고민하고, 레이디에게 끊임없이 맞춰달라고 요구하는 관계의 법칙에 대해 의문을 갖는다. 레이디는 '생각한다.' 레이디가 속한 세계가 문제적이라면, 레이디는 정해진 길이 아니라 다른 방향을 찾아가야 하는 게 맞다. 버려진 게 아니다. 레이디가 불행해질 것이란 예감은 "모두 틀렸다." "흔들거리는 왼발 오른발"로 움직이는 레이디는 관계에 대한 시야를 확보하고, 세계를 다르게 해석하기 위해 노력한다. 역전된 생각으로 상황을 주시하는 자리에, 레이디는 있다.

이것은 「오늘은 나의 날」에서 드러나는 시적 주체에 대한 얘기이지만, 언제나 낙담과는 반대 방향으로 몸을 기우는 시인의 자기 긍정에 대한 얘기이기도 하다. 자기 자신을 신뢰하지 못하도록 종용하는 세계에서 냉소는 얼마나 쉬운가. 우리에게는 우리에 대한 가장 아름다운 정의를 내릴 권리가 있다("몸은 도무지 아름다운 구석이라곤 없는데/ 나는 내 몸을 생각할 때마다 아름다움에 놀랐다// …(중략)…// 의자를 열고 들어가 앉자/ 늙은 여자가 날 떠났다/ 나는 더 오래 늙기 위한 새 의자를 고른다/ 나에 대한 가장 아름다운 정의를 내리려고" ―「생각의자」 부분).

유계영은 선혹 자신의 글씨체가 악필이라 할지라도 저 자신의 말로 글씨를 새기는 게 중요하다고 말하는 시인이다. 시인에겐 주어진 칸에 맞추어 비슷한 글씨체를 또박또박 써 내라는 세상에다 대고 '흣' 하고 코웃음 칠 줄 아는 발랄함이 있다. 그 발랄함은 남들이 알아 주지 않는 ― 그러나 저의 말을 꺼내기를 주저치 않는, 영민한 ― 존재들이 사라지지 않기 위해 끊임없이 움직이는 근육으로 이루어져 있다. 그러니 걱정은 금물이다. 기이할 정도로 명랑한 기운이 없다면 이 삶은 너무 지루할 것이다. 그렇지 않은가.

지은이 유계영
1985년 인천에서 태어났다. 동국대학교 문예창작학과를 졸업했으며
2010년《현대문학》신인 추천으로 등단했다.

온갖 것들의 낮

1판 1쇄 펴냄 2015년 10월 12일
1판 8쇄 펴냄 2023년 6월 19일

지은이 유계영
발행인 박근섭, 박상준
펴낸곳 (주)민음사

출판등록 1966. 5. 19. (제16-490호)
서울특별시 강남구 도산대로1길 62(신사동)
강남출판문화센터 5층 (우편번호 06027)
대표전화 02-515-2000 / 팩시밀리 02-515-2007
www.minumsa.com

ISBN 978-89-374-0836-6 04810
978-89-374-0802-1 (세트)

민음의 시

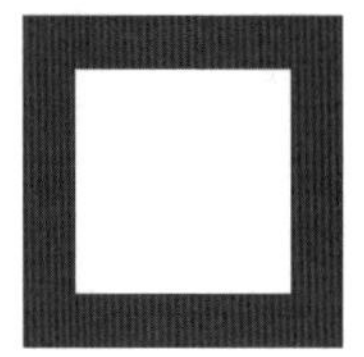

민음의 시
목록